EPITHALAME

OV

CHANT NVPTIAL

SVR L'HEVREVX MARIAGE DE MONSEIGNEVR le Duc d'Orleans, frere vnique du Roy.

ET DE TRES-HAVTE ET PVISSANTE Princesse MARIE DE BOVRBON Duchesse de Montpensier.

A PARIS,
M. DC. XXVI.

AMy Lecteur, t'ayant donné depuis trois iours,
deux poëmes grecs faicts sur le subject que dessus
l'vn par le sieur du Chat, Poëte & Historiographe du
Roy en ladite langue, l'autre par le sieur Merigon Pro-
fesseur en grec & en hebrieu en l'Vniuersité de Paris.
Ie t'en donne maintenant les Paraphrases de la façon du
sieur le Comte qui m'ont esté communiquées par vn de
ses amis. Que si tu n'y trouues tant de gentilesse qu'es
pieces des Poëtes de la Cour, sache qu'en contre-chan-
ge les ornemens de la Muse grecque & latine, sont plus
exquis & plus solides que ceux de noftre langue Fran-
çoise. Adieu & reçoy ce petit present en bonne part,

PARAPHRASE

DES VERS GRECS DV

SIEVR DV CHAT POETE ET

Historiographe du Roy en la
langue Grecque.

SVR L'HEVREVX MARIAGE

DE MONSEIGNEVR

Frere vnique du Roy.

Et de Tres-haute & puissante Princesse MARIE
de BOVRBON, Duchesse de Montpensier.

Eluy qui sçait nos destinees
Qui preside dessus les Roix
Et qui voit marcher sous ses loix,
Le cours de toutes nos annees,
C'est luy qui du plus haut des Cieux
Contraint les cœurs ambitieux
Des plus grands Princes de la terre,
De quitter, mesme en leur courroux,
La suitte du Dieu de la guerre

Et de venir à deux genoux,
Dedans le temple d'Hymenee
Visiter les autels d'Amour,
Quand la Noblesse la mieux nee
Chomme la feste de la Cour.
Icy le grand GASTON bien heureux se peut dire,
Car le Ciel l'a daigné si bien fauoriser
Que de luy procurer cet amoureux Empire,
Qui seul le peut du tout au monde eterniser.

2

Ce n'est pas que pour l'ordonnance
Que le Ciel en a prononcé
Ie veuille establir l'ignorance
De ce destin du temps passé,
(Cet erreur entre les Stoiques
Qui n'estoient pas bons Politiques
Fut jadis faussement presche)
Ie parle de la prouidence
Qui veille dessus nostre France,
Et de ces hommes sans peché
Qui, suiuans l'autheur de nature,
Par vn concours d'affection,
Ne procedent à l'auanture,
Mais font tout par eslection.

Ainsi du grand GASTON fut fait le mariage
Par vn concert parfait de si graues conseils
Qu'on ne sçauroit rien voir au monde de si sage
Non plus que dans les Cieux reluire deux Soleils.

3

Ce fut ceste heureuse iournee
Qui mit deux Amants en repos
Portés sur les amoureux flots
Dedans la barque d'Hymenee.
De Nantes l'antique Cité
Du haut de sa felicité
L'honneur de ces nopces Royales
Alloit de ses voix entonant
De la mer les ondes esgales
Luy seruant d'Echo resonnant,
Le Loyre y compassoit ses ondes
Les arbres plantés sur ses bords
Branslans leurs cimes vagabondes
Au ton de ces ioyeux accords ;
Puis soudain sur le dos de son onde escumeuse
En porta la nouuelle à la Cour de Thetys
Publiant de GASTON la conqueste amoureuse
Du plus grand Roy de tous iusques aux plus petits.

4

En la parfaite adolescence

D'vn Printemps tout chargé de fleurs,
Qu'amour commençoit fans offence
A faire breche dans leurs cœurs,
En l'aage ou la vertu feconde
Des viues femences du monde
Faict les animaux raieunir
Quand pour conferuer leurs efpeces
Ils font naiftre mille careffes
Du defir qu'ils ont de s'vnir,
Ce grand Roy de qui la prudence
Ne peut errer aucunement
Et celle-la qui de Florence
Et de la France eft l'ornement
Veullent qu'en l'vnion de Mars & de Cythere.
On voye refleurir la tige de Bourbon
Et que foubZ vn GASTON l'Vniuers tributaire
Porte iufques au Ciel la gloire de ce nom.

A ce deffein tout contribuë
Le fage & grand de RICHELIEV
MARILLAC qui peut fur la nuë
Marcher au pair d'vn demy-Dieu,
SCHOMBERG & FIASTE ces grands Hommes
L'ornement du fiecle ou nous fommes,

Aux bons aduis d'vn si grand Roy
N'ont peu repartir autre chose
Sinon, SIRE, tout se dispose
A vous suiure, faictes la loy.
Alors fut faict vn grand silence
Comme quand on voit dans les Cieux
Que le grand Iupiter s'auance
Pour haranguer aux demy-Dieux,
Et soudain sur le champ, ce grand Roy qui prononce
Autant qu'il dict de mots , d'arrests de Parlement
D'vn GASTON de Bourbon (dit-il, c'est sans respõce)
MARIE de BOVRBON est digne seullement.

6

Autant que le Soleil esclaire
De mortelles beautez ça bas
Sçachez qu'il ne s'en trouue pas
D'assez digne pour vn mien frere,
C'est la seulle que les destins
Semblent auoir faicte à ces fins
Pour monstrer leur pouuoir suprème,
Celle dont les perfections
Font monter ses affections
A deux doigts de mon Diademe,
Celle que i'ay voulu choisir
Plaine de vertus & de charmes,
Pour moderer l'ardent desir

De GASTON trop enclin aux armes.
A quoy tous ſes Meßieurs plains de rare prudence
Donnerent tout ſoudain vn plain conſentement
Diſans tous d'vn accord, du grãd GASTON de Frãce
MARIE de BOVRBON eſt digne ſeullement.

7

Auſsi voit-on deſſus ſa face
SIRE (dit l'vn en ſa faueur)
Les traicts de ceſte bonne race
D'ou prend naiſſance ceſte fleur.
Du pere Prince incomparable
De ſa mere l'inimitable,
Les noms au monde reuerés,
S'offrans iadis en ſacrifices
Vous ont rendu mille ſeruices
Contre vos Ennemis iurés.
Nature noſtre ſage mere
Qui ne faict rien que pour le mieux
En vn ſubiect ſi precieux
Auroit elle voulu mal faire?
De l'Aigle ou des Lyons la genereuſe engence
Ne ſçauroit engendrer vn timide mouton,
SIRE, elle ne ſçauroit dementir ſa naiſſance
Donnez la pour Eſpouſe au genereux GASTON

Ce fut

8

Ce fut ce iour plain de lieſſe
Qu'on vid ces Amants bien-heureux
Vn Mars auec vne Deeſſe
Surpris dans les rets amoureux,
Que le COIGNEVX, ce doux Cynee
Portant la ſentence ſignee
De la troupe des demy-dieux,
Et publiant cet Euangile
Parmy les champs & dans la ville
A tous venans ieunes & vieux,
L'alloit annoncer aux Princeſſes
Qui luy firent voir ces promeſſes
Confirmees dedans les Cieux.
Ayans, par le moyen de quelque intelligence
Conſulté les cahiers du liure du deſtin
Ils virent que ceſtoit pour le bien de la France
Meſme que ce bien la n'auroit iamais de fin.

9

A peyne par deux fois l'Aurore
Auoit monſtré ſon teint vermeil,
Que ce grand Prince qu'on adore
Et la beauté qui le decore
Parut là comme vn beau Soleil

B

Elles contemplans ses merueilles
Et tant de graces nonpareilles
Furent dans le rauissement,
Et luy couuoit sous le silence,
Auec pareil estonnement ,
De ses flammes la violence,
Ayant perdu ses libertés ,
A l'obiect de tant de clartés
Que l'œil de Maistresse eslance;
Puis recouurant soudain la voix & la parole
Luy dit, chere moitié, ie vous donne mon cœur ,
Mais vous l'aués conquis; bien qu'assez haut ie vole,
D'estre vaincu par vous, ce m'est de la faueur.

10

Et puis sur sa Royale bouche
Ayant pris vn diuin baiser
Trop capable d'apriuoiser
Le naturel le plus farouche,
S'emparant de sa belle main
Auec vn port de Souuerain
Consacra deslors à sa Dame
Ses diuines perfections
Ses Royales affections
Et le feu qui son cœur enflamme;
Elle aussi dans ce grand honneur

Luy descourant sa chaste flamme
Entre le desir & la peur
Luy donne son cœur & son ame
Si bien que c'en est faict, cest' heureuse iournee
Qui d'vn chaste lien serre ces deux Amants
N'est que pour celebrer en ce Sainct Hymenee
Les merueilles d'amour & leurs contentemens.

II

Qu'on voye donc de toutes parts
Nos cris heureusement espars
Entremeslez de feux de ioye
se ioindre auec les doux accents
Des Anges qui bien que presens
Ne veullent pas que l'on les voye
Ce ne soient qu'acclamations
Que vœus & qu'ardantes prieres
Au milieu de tant de lumieres
Plaines de benedictions,
Que bien loing de toute destresse
Les Cieux chantent auecques nous
Entremeslans d'vn concert doux
Leur ioye auec nostre alegresse;
Que les canons bruyans sur la terre & sur l'onde
Monstrent que cét amour n'estant pas limité,
Doibt vn iour subiuguer tout l'Empire du monde

12

Face le Ciel doux & propice
Suiuant nos desirs & nos vœus
Que dans ceste amoureuse lice
Ils viuent tousiours bien-heureux,
Que de nos ennemis l'engence
(Qui taschoient de nous deceuoir)
Domptez, n'ayent autre puissance
Que de reuerer leur pouuoir;
Qu'au delà des longues annees
De ceux des Isles fortunees
Reuestus d'immortalité,
Ils voyent leur saincte lignee
Sans iamais estre terminee
Aboutir à l'eternité,
Et que soubs les Lauriers de nostre grand Monarque
Ayant veu triompher les deux freres vnis,
Maugré tous les efforts de l'infernale Parque
La France soit encor ce qu'elle fut iadis.

FIN.